KB271390

봄하늘
가을하늘처럼

봄 하늘 가을 하늘처럼

2003년 2월 10일 초판 1쇄 인쇄
2003년 2월 20일 초판 1쇄 발행

지은이 | 이구명
펴낸이 | 孫貞順
펴낸곳 | 도서출판 모아드림
　　　　서울 서대문구 북아현3동 180-22 (우120-193)
　　　　전화 | 365-8111~2　팩스 | 365-8110
　　　　이메일 | morebook@korea.com
　　　　홈페이지 | www.morebook.co.kr
　　　　등록번호 | 제2-2264호(1996.10.24)

기획 | 설규철 손순희
편집 | 이양훈 유재형
미술 | 오경은
영업 | 유수권
관리 | 이용승 안정석
사진 | 남종역

ISBN 89-5664-019-X

*잘못된 책은 구입하신 서점에서 바꾸어 드립니다.
*지은이와의 협의 하에 인지를 붙이지 않습니다.

값 8,000원

봄하늘 가을하늘처럼

이구명 시집

모아드림

내 외딸에게 이 글을 준다.

네가 태어나 백일 때부터 의사가 잘 고칠 수 없는 병을 앓아 얼마나 마음이 아팠던지, 지금도 그 애상한 마음을 잊을 수가 없구나.

더구나 어른 사정 때문에 너를 외롭게 키운 점 이 글을 통해 아무리 아비라도 무릎 꿇고 티없이 너에게 사죄한다. 네가 대학 전에 고등학교 졸업하던 날 몇 자 적어놓은 것이 있어 이 글 앞머리에 적는다.

내 딸
네가 태어났을 때
곱디 고와 하느님 우러러

벙어리 가슴
얼러러 기도했단다.

네가 아파
열이 오르면
아빠 가슴 눈물 여의고

앞가슴 패어내

펑—펑 때려 물만 마셨다.

네가 넘어져
무릎을 다치면

애꿎은 돌멩이 탓
얼마나 했던고……

네 모습 아장거려
발을 옮길라치면
응원하느라

목 쉰 소리
아빠가 대신 뛰었었구나.

초등학교
입학하던 날
두 번 접은 손수건

이름표 달아매고
앞으로 나란히
하나, 둘, 셋

아빠 눈 안개 가려
그만 너를 놓쳐버렸다.

장하다
너 홀로 컸다
달을 다만 바라다보는 양

저만큼 떨어져서
엄마 없는 학생 되었을 때

아빠 가슴 저미어 얼마나
아빠 잘못 네게 빌었었더냐

일 년, 이 년, 삼 년……
맛없는 도시락

아빠 밥 먹고
동무 반찬
축을 내는 내 딸

말 없는 너를 보고
나 미워 술만 마셨구나

이제는
이 세상 둘도 없는
고운 딸 꽃봉오리 처녀

하루 한시도
걱정되어서

내 잘못을 빌어본단다.

하느님
내 잘못은
제게 있사오니

제발
가시방석
제게 주시옵고

내 딸일랑
제발 곱게

화창한 봄날씨만
주시옵소서—

　　이 글을 내는 데 애써주신 모아드림 출판사 대표 손정순 님과 편집장 이양훈 선생님께 제 삶 속에서 오랜만에 정말 심심한 감사의 마음을 표합니다. 그리고 오경은 씨에게도 똑같은 내 마음을 표합니다.
　　감사합니다.

2003. 1. 21
이구명

| 차례 |

■ 자서

봄하늘 가을하늘처럼

이구명 시집

손깍지

양의兩儀란 곳에서
삐죽 나와

오르시오
가시오
내리시오……

그렇게
몇 수만 년
옷살을 갈아입고서

그 날을 꼭 닮은
텃밭에 이르러

제 손으로 만
손깍지
두 손을 마주 잡고

꼭 꼬-옥
눈을 감는다.

해질 녘
눈빛으로 본
해오름도 마다하고

그냥
두 눈을 꼭 감는다.

연緣

갈거나
말거나
망설이는 것은

두고 온
비취빛 반지
그 때문이 아니라

비취빛
만들어진
사연 때문이지요

갈거나
말거나
망설이는 것은

그 님과
헤어진 아픔
그 때문이 아니라

그 님이
아파할 그 마음이
못내 서럽기 때문입니다.

아픔이
아프지 않은
그 날이

슬픔이
슬프지 않은
그 날이 오면

나는
그 날 밤을 새워
시간이 멈추도록

나의 숨소리를
그 시간과 함께
작게 작게 죽이렵니다.

옛집

나이 들어 찾아온 옛집
세월 따라 흔적만 남았구나

앞뜰에도
뒤뜰에도
인기척은 없는데

간간히 불어오는
바람결에
들려오는 숨소리

그 옛날
많고 많은
이야기들

달빛 따라
창문을 열고

알알이
옥수수 알
세어 놓듯

하나 하나
대청마루에
내려앉는다

하얗게
바래 버린
내 머리카락처럼

휘엉 휘엉
날아가 버린
그때 그 이야기들이

방울 방울
뚝-뚝 떨어져
대청마루에 내려앉는다.

어차피

눈을
꼭 감은 까닭은

너무 깊은
그리움
그 때문이지요.

보아서
볼 수 없는 것은

다만
장님 아닌
장님이 된 때문이라오.

어차피
보이는 것을
보지 못할라시면

지금도
머나먼 고향 하늘에
반짝이는 별일랑 보시이구료.

입을
꼭 다문 까닭은

너무 깊은
사연
그 때문이지요.

말로서
다 할 수 없으니

다만
벙어리 아닌
벙어리가 된 때문이라오.

어차피
말로서
다 할 수 없다시면

아직도
저 깊은 곳에 남았는
그 마음일랑 속삭여 보시이구료.

개미

차를 후진하다가
작은 소리

그 밑에
까만 한 점이 있어
나, 보았습니다.

개미 한 마리
그 곳에서
생을 마치고

희뿌연 빵부스러기
그대로 물고 있었읍니다.

분명
제 새끼
먹이려는 듯

죽어서도 놓지 않고
내 손가락 안에
그렇게 있습니다.

멀고 먼
저 우주보다

내 잘못이
더 큰 것 같아

담 밑
개미집 앞에서
내가 태어날 때
울었던 그 소리로

이토록
하늘을 우러러
내 잘못을 빕니다.

암자

인적 끊긴
산속에

누가 만든
작은 암자

그림자
길게 드리우고

솟는 아침해
그윽히 바라보고 있다.

그 얼굴
나이 많아

단청은
골 깊어 주름지고

그 몸은
세월 풍상에

거칠게
휘어졌어도

인성의
아름다움

선禪에서
찾고자

몇 수백 년
명상 속에

그 자태
아름 답구나…….

사단칠정四端七情
허물에 갇힌 애벌레

언제쯤
그 껍질을 벗을고―

철없는 아이
어버이 짝사랑을

중생의 고통
안쓰러 그 몸 내어주고

언제쯤일까
조용히 함박눈 내려

이 세상을 하얗게
덮는 날 기다린다.

뻥튀기

우여— 우여
쾅—

옥수수 아저씨
뻥튀기 한다

010011
디지털 광고판이

테크노 음악 따라
번쩍이는

이 도시
삶의 길목에서

우여— 우여
쾅—

옥수수 아저씨
뻥튀기 한다.

한 장
또 한 장
사진첩의 사진들을

옛날로 돌려 놓는
뻥튀기 소리

우여— 우여
쾅—

어리숙한 혼일랑
모두 빼앗아 가는

디지탈
광고판 아래서

우여— 우여
쾅—

심술이 나서
옥수수 아저씨 뻥튀기 한다.

이명
— 조카의 갑작스런 죽음

귀가 울어
휑-하게
바람이 드는 것은

때아닌 무서리가
앞 마당을

뽀얗게
드리운 때문이지만

이토록
가슴을 아리어서
아리어서 메이는 것은

아무래도
아무래도

안녕이란
한마디 목이 매어

눈 한 번
깜빡할 사이에

아침 아지랑이
하늘로 보내듯

그렇게 그렇게는
그냥 보낼 수 없어

이미
까맣게 타버린
사진 한 장을

손에
꼭 쥐고 끝내
놓지 못하는 까닭입니다.

실락원 失樂園

내 착한 마음이
항상 군중 속에서
내 곁을 떠나지 않게 하소서

혹시라도 나만 아는
나 먼저 마음이
내 마음을 딛고 간다면
내 고향 뒷동산에
동무들과 함께 두고 온
나의 동심을
보름달
때 맞추어 솔바람에 띄워
내게 보내 주소서.

그러면
나는 세모시 같은
여린 마음으로
단오날
오색 종이 그네에 태워
그 군중 속으로 나를 보내 드리렵니다.

여운餘韻

가만히 들어 보렴
재칵 재칵
무심히 흐르는 시계 초침소리

어제도 오늘도
똑같이 지난 세월 속으로 흘러드는 그 소리는

뉘엇 뉘엇 해지는 산 자락에
반달 걸린 소나무 그 홀로 남겨둔 채

나, 서 있는 신작로 옆
오솔길로 내 몰라라 흘러간다.

가만히 들어 보렴
아직도 엊그제처럼 귀뚜라미 울어
가슴 에어 드는데

무심히 가을은 오늘도
그렇게 저 홀로 가고 여운으로만 남는다.

가만히 들어 보렴
재각 재각
바람소리, 시계 초침소리

해지는 소리
달 뜨는 소리……

동전 한 닢

여보시오
그 곳에는 가지 마오.

전설처럼 내가
그 곳에서 살아 보았다오.

여보시오
그 곳은 비껴가시오.

그 곳은 너무 허벙져서
다시는 나올 수가 없다오.

그 곳은 내 몸일랑
다 내어주고
두 눈만 끄억 끄역
동그랗게 남는 곳이라오.

남고 남아서
한 오백 년을 몇 년
하늘 그림자만
제 얼굴 위로 보고 또 보는 곳이라오.

난초

길가 한 모서리에
외따로 떨어져 있는
그야말로 옛날 다방에

그 속에서도
외진 한구석에 난초 하나가
어둠 속에 있구나

이 세상 모든 것이 허상이라지만
그래도 너 홀로 있어 꽃이 핀 것은
허상 속에 아름다움이려니……

네가 부르는 노래
한 몸에 배어 있어
애초부터 없었던 듯 보이는 네 모습

아름다워라
허상 속에 네 모습, 소리를 본다는 것이
어둠 속에 있구나

꽃 한 송이
가녀린 난초
바람 같은 네 모습이여.

반달

한 점
별빛조차
숨어버린 하늘에

한 달이라
비 오던날
속 적삼을 다 적시고

반달이
정자나무 한가운데
앉아ㅅ다

엊저녁
타버린 마음
반쯤 도려내어

비켜간 사랑
그 밀랍의 시간들을
한 동이 가득 채워 곁에 두고

오늘도
밤하늘을
새색시 단장하듯

여미어서
여미어서 그 마음
분칠해가는 하늘 여인.

새싹

솜털 같은
땅 헤집고

연두색 모자
바라 옷 차려입고

살래 살래
고개를 내민다.

전생의 업
이승의 인연

그 작은 손
한 아름 받아 들고

또 다른 무대
배역 맡으러

또 하나
새 생명 도리질한다.

세월

한 올 한 올
물레에 감아

씨줄과 날줄을
엮어서 만든
저 세월은

너와 내가
자기 나이만큼

써 내려온
일기장이려니……

한 세월
그 사연마다 자기 지문을
제 눈동자 속에

새겨 놓고 가는
어리석어
슬픈 사람아

아침 이슬
유난히 반짝이던 날

콩-콩 닫았던
뾰족한 창문을 열어
모처럼 벌나비 찾아들면

지는 꽃잎
서럽다 핑계대고

쪼그리고 앉아
울고 있는 나를

벽에 걸린
괘종시계

부엉이 큰눈
내어 놓고

나를 나를
내려다본다.

눈물

공연스레
눈물이 나는 사람

아가 손을
잡고 가는 엄마를 보아도

아이들이
깔깔거리며
놀고 있는 모습을 보아도

공연스레
그는 눈물이 난단다

벌집처럼
가슴이 숭숭 뚫려서
그렇게 눈물이 난단다

연속극 같은
우리네 삶이

하루도 쉬지 않고
이어지건만

모두가 사랑은
내것이라 우기는 바람에

오늘도
그 사람은

텅빈 가슴에
바람이 들어
또 눈물이 난단다.

혼돈

안다
나는 안다

모른다
나는 모른다

이 아침
창 밖에서

재잘거리는
새 소리까지도……

어제와
오늘이 같은 날이듯이

오늘이
어제와 다른 날이듯이

보이는 것을
못 본 것같이

보이지 않는 것을
보는 것 같이……

저 하늘에
어울어졌던 솜구름도

뜰 앞에 피어났던
모란꽃마저도

어느새 이미 흩어져
사라진 것을

나는 안다
나는 모른다.

명상 1

오랜 세월
고개만
갸우뚱하다가

해가
미처 지기도 전에

촛불 하나
켜 놓고 바라본다

빨간 빛
노란 모습이
흰 옷을 입을 때쯤이면

나는
소리 없는
그림자 되어

그 촛불 속으로
녹아 들고

한 점
빛이 되어
날아가는 나비가 된다

내가
이미 사라져버린
숨소리의 고향

저 하늘 바다에
운명처럼 날아드는

한 마리 나비
시간도 공간도 없는
그 곳으로 사라져 간다.

귀로歸路

당신은
오늘 이 아침에
그를 보았습니까

그렇게 넓었던
어깨가 여위어 멀어져 가던
그를 보았습니까

흰색 도화지 위에
칠하다가 만
하늘색과

그리다가
또 그리다가 지워버린
자기 얼굴과

보다가 두고 온 동화책
그렇게도 보고 싶어했던
끝 머리를

마저 보지 못하고
떠나는 그를

이 아침에 보았습니까

지금쯤 아마도
그는 동구 밖
모서리 길을 지나고 있겠지요.

하늘 한 번
땅 한 번 눈속에 새겨두고

태우다가 태우다가
빨갛게 떨어진
낙엽 한 장 주워든 채

동구 밖 길을
돌아서 가는 그를
당신은 보았습니까

그가 떠난 동구 밖 길을
이제는 다만 그대로
늦가을의 풍경일 뿐입니다.

꽃 구경

아침마다
대야 속 얼굴이

날 보고
내어 놓으라 한다

날숨과
들숨처럼

하나도
네 것은 없으니

똬리 틀어
꼭-꼭 숨겨둔 것을

늦기 전에
다 내어 놓으라 한다

훌-훌
홑이불 털어 놓고

저 산 넘어
꽃 동네로

이사를 가던
순아네 엄마같이

가진 것은
다 내어 놓아

청-청 하늘에
날아서 새가 되는

은하수 계곡으로
꽃 구경 가라 한다.

공명

도깨비 장터
군중 속에서

근엄한
인디언 추장의
탈을 보았다

배를
아파보지 못했던
한 석녀가

그를
알아본 순간
그만 그 자리에서

시간의 고리가
날아가 버렸다.

문명의 벽
담을 넘어서

아차,
순간에

흔적도 없어
사라져 버린
그녀는

분명히
오늘 아침에 본

항상
눈이 젖어 있던
바로 그 여자였다.

발자국

나의 눈이
내 앞에 있어
뒤로 걸을 수
없는 것같이
내 앞에 있는
그 길을 따라서
나는
가고 있습니다.

그러나
그러나 수많은
달과 해를
내 뒤로
보낸 뒤에야
비로소 나는
내 앞에 섰는
당신을 보았습니다.

하지만 당신을
그대로 지나칠 수밖에

없을 때에는
한마디
말도 눈물도
보일 수는 없겠지만

내 발걸음이
그 마지막 한 걸음
남았을 때에는
나는
나의 마음을
나의
그림자와 함께
그곳에
벗어 놓고 가겠습니다

나는 그때
비로소 참았던
나의 눈물을 흘리렵니다.

낙수

울어 울어
어떻게 울어요

길게도
짧게도
울 수 없어

처마 끝에
달렸다가
똑—똑
손바닥 위에

한 방울
두 방울 떨어져
흩어지는

낙수물
소리만
바라보고 있다오.

아파 아파
어디가 아파요

가슴도
머리도
아닌 것 같아

허벙진
도랑 위에
스-렁
스르렁

한 오백 년을
한 잎
두 잎 떨어져, 흩어지고

꽃님의
넋만
바라보고 있다오.

새 천년

반도의 핏줄을
따라서 가야 할
밀레니엄 첫 차가
플랫폼에 섰다.

한입 두입
큰 입 벌리고 쏟아내는
걸리버의 사람들

출발선에 선
그 찰나부터
폭포 위를 향한
연어들의 회귀처럼
제 각각
튀어 오르는 승강대

일 등이 아니면
선조 뵈올 면목이 없어
전진 또 전진
전쟁터 병사가 된다.

정녕 그 속에는
살 내음 그리워
그대로는 갈 수 없는
잠시 미련이라도
그 마음 더듬어 보는
늦둥이 바보는 없는가

한 바탕
밀물 썰물이 지나간
텅 빈 한마당

그 곳에는 아직도
빙점으로만 남았던
태고太古적 씨앗의 눈이
첫 눈 오는 날
빙의 내림을 기다려
또 한 번 시작을 준비한다.

수탉

도시 속
닭 우리에
시도 때도 없이

목을 빼고
울어대는
수탉 한 마리

눈오는 날이면
차라리
돌이 되어

하얀
등신불
눈 사람이 되었다가

비오는 날이면
고추먹고
맴-맴

하루 종일
쉬지 않고
맴을 돈다.

오늘도
비가 오려는 듯

끈에 달린
연 모양
그 자리에 못이 박혀

빙글 빙글
맴을 돌다가

목을 빼고
울어 대는
수탉 한마리.

명상 2

얼간이 마음
달래 놓고
명상에 들어

손가락 끝에 달린
달[月]에 올라
청백의 지구를 본다

눈을 한번
감았다 뜨면

그 곳에는
알 수 없는

형상과 얼굴
시간 따라
경매장 고함소리

눈을 한 번
감았다 뜨면

현미경 속에
세포의 분열
꼬물 꼬물 나노의 세계

눈을 한 번
감았다 뜨면

그 곳에는
호스피스의 손을
꼬옥 잡은 사람과

빛과 소리를 찾는
첫 울음소리 아가가 있다.

뉘 있어
그림 같은 저 곳에
사람이 없다 하고

뉘 있어
그림자 같은 이곳에
사람이 있다 하는가……

한 송이 꽃

꽃 한 송이
너를 보노라면

네가
너무 사랑스럽고

내가
너무 부끄럽고

네가
너무 부럽구나……

너는
이 세상의
모든 사연—.

하나로 나서
둘로 영글키로

봄하늘
가을하늘처럼

항상 여느 때에도

그 곳에 살고파
서럽지 않는

너는
이 세상에
모든 사연.

이제사

이제사
나는

펑-펑
비가 쏟아진 후에

옥양목
희디 흰 빛으로
하얗게 바랜 후에야

나는
나를 알았습니다.

해가
달을 만날 수 없는

영원한
서러움도

봄이 오는
길목에서
우연히도 정말

오랫동안
헤어져야만 했던

그 사람을
다시 만나는 기쁨도

모두 그것이 무엇인지
마지막 눈썹까지

하얗게
바랜 후에야 알았습니다.

새삼스레
내가 나를 안 것같이

정말 기쁨도
정말 아픔도

이제사 그것이
무엇인지 알았습니다.

한 평 반

그 여인의
세상은 한 평 반
작은 화장대
그리고 동그란 의자 하나

그녀는
예닐곱짜리
마흔 아홉 살의 여자

조그만
화장대 위에는
눈썹 그리는 연필
얼굴을
토닥여 주는
분통 하나

상자 속에
요술 왕국
다만 그 안에서만
그녀는
아무도 보는 이 없는
분홍빛 세상에 산다

새치 머리

아내가
새치 머리 뽑느라

거울 속
연기파 배우가 된다.

외출시간이
정지된 1시간 30분

새치 머리
하나 뽑아

Bus시간
까맣게 잊고

새치 머리
또 하나 뽑아

전철은
아예 놓쳐 버렸다.

흰 머리
몇 개 뽑아

한 해 나이
줄어든 듯……

거울 속 아내는
배시시 웃다 말고

달마가
동쪽으로 간

얼굴 표정
이상한 배우가 되었다.

가을

이 산
저 산에
다리를 놓는다.

빨강
노랑 연두색……

온 듯도
아니한데
치마폭 날렵하게

어느새
사뿐히 다가와서는

성황당에
흩날리는 꽃댕기를

오색 향불
피워 놓고
하늘 제사 지낸다.

올해도
어김 없이

찾아온
고향 산천에

나이테
주름살
일일이 찾아가

한 마당 사물놀이
울어 울어 화려한
저 모양을

활-활
오색실 불을 붙여

이 산
저 산에
수 놓으러 다닌다.

사진

영롱한
네 눈

섬섬 옥수라
예쁜 네 손가락

네 앞에
꽃을 보느라

여념이 없어
잠시 멈추었구나

꽃은 네가 태어나
처음 보는 것

만질까 어쩔까
망설이는 네 모습

나 육십 년 살아
너보다

더 귀하고
예쁜 것 본 적 없으니

그대로 그 모습
네 다음대까지

활짝피어
보는 사람마다

사랑을
알게 하여라

마음

눈꽃처럼
별이 떨어지는 밤에
나 홀로 섰는
이 창가를
야금 야금
붉게 물들여 놓고

하나씩 하나씩
내 몸의 비늘을
벗겨 가듯이

당신은
오늘도 그렇게
내 곁을 떠나갔습니다.

모시 적삼처럼
환히 속이 보이는
나를
슬며시
바람처럼
한 바퀴 돌아서

한 여름
여우비 사이에
창문을 스쳐
저 햇살 지나가듯
반짝 반짝
그 눈빛만은 남겨 둔 채로

당신은
오늘도 그렇게 나를
그냥 지나가 버렸습니다.

보고파 찾으면
바람같이 떠나고
도래짓 눈을 감으면
다시 그 모습을 보이는

당신은
정녕 누구입니까

불면

밤이
무섭고

낮에는
서러워

내일 밤이
더 무섭고

내일 낮이
더욱 서러울려면

차라리
그 몸일랑

한낮에
바람 불 때를 기다렸다가

들에 피어
이름이 없는

저 들꽃 밑에
깊이 묻어 주고

그 마음일랑
다독여서

초생달이 고운
한밤중에

물레방아 소리
들리거던

두 손 모아
그 밤이 다 가기 전에

한 움큼 두 움큼
들어 내어

저 하늘 멀리
저 멀리 놓아 보내려므나….

분신

옛 적에는
그런 것인 냥은
그냥 눈을 감았읍니다

서로 엉키어서
만들어진 해갈이 들은
마음만을 내어주고
그냥 눈을 감았지요

하지만 시방은
아예 내어줄 수도
그냥 눈을 감아줄 수도 없답니다.

너무 훑게
말로만 전해지고
알아버린 이야기들이

이미 너무나
환하게 속살을 내어 보이는
현미경 속 세상처럼

빤히
이 사람 저 사람마다
이내 너무 싱거워져서

지금은
그렇게 내어줄 수도
눈을 감아줄 수도 없답니다.

마치
남의 맛에 찌들어
제 맛을 모르는 혓바닥인양

고향 멀리 떠난
실향민처럼
하루 하루를 살아가는 우리는

그여코
꼴-각 제 촌수마저 잃은 지경에
아련한 그리움의 언덕

필경 언젠가는
그마저 잃어버리고 말
핵가족 안에서

오늘도
실향민처럼
그렇게 살고 있답니다.

우리 몸이
기계처럼 완전한 하나
조각 조각 나뉘어서

다만
간, 심, 비, 폐, 신장
그렇게 따로 따로
맞추어진 사람이라면

그 하나 하나에는
어디에서도 그리움이란
찾을 수가 없는데
우리는 어떻게 살아야 할까요.

나 절로
간절하게 제 몸 태워
기도하는 촛불의 염원은

두손 고여
품 속 사랑을 물린
엄마 아가 사진속에만 있는 것일까요

그 마음 고향
순정을 버리고
진정 우리는 어디로 가는 것일까요

정녕
제 고향 버리고 나서
우리는 어디서, 어떻게 살게 될까요

순백純白

아가는
아직도
세 살이었다.

언제
내가 잃어버린지도
이미 모르는

영혼이
그곳에서는
아직도 아우르고

항상
내게는
어제이기만 했던

언젠가는
쪽빛 한숨
길게 쉬어갈 그곳에

아가는
아직도
반짝반짝
세 살이었다.

노을

이 사람아
누가 뭐라길래

병아리
물을 마시듯
땅 한 번
하늘 한 번 쳐다보고

그리도
술을 마시는가

이 사람아
누가 뭐라길래

앓는 마음
갈퀴로 후비어서
비명도 없이
갈래 갈래 도려내우고

그리도
술을 마시는가

이 사람아
누가 뭐라길래

목련이 이미 흩어진
그 마당에 서서
채 마르지도 않은
장작을 쪼개듯

그리도
술을 드시는가

아직 해 봉우리
다 피어나기도 전에

벌써
윗마을 하늘에
성긴
붉은 노을이 슬퍼

그리도 술로
슬퍼하시는가

돌부처

아미산
절벽 아래
홀로 서 있는 돌부처

천 년이라
오랜 풍상
검푸른 이끼옷

뭇사람의 업業
온몸에
서리 서리 두르고

잔잔한
미소 담아
석양을 바라본다.

오늘도
지는 석양은
잔 빛으로만 남고

산사의 종소리는
노을 속으로 잠기는데

어디서 짝을 찾는
서쪽새 울어
애처로이 메아리져 간다

기다림

온다 온다
하더니만
아무도 오지 않는
세 거리길
버들거리
작은 오두막

봄이라 부슬비
늙은 마음
스산히 적시는데
기다리는 사람
끝내
보이지 않고

산
마루 위에
산까치는
멀리서
싱겁게
울기만 한다.

환향 還鄕

엊저녁부터
채근하는
바람 따라

참빗으로
빗어논
늘 푸른
언덕빼기를 향해

허리춤
잡아들고
달려야 간다.

저 넘어
산 마을에는

고슴도치도
귀여워하는
내 할매 계신 곳

나는야
하루를
만 년 사는
내 할매 만나서

동네 학교
성적표
꼴찌한 사정

얼렁덜렁
푸념하러
달려야 간다.

무악재

담장 밑에서
나이 먹은
한 여자가

모처럼
가을을 만들어 입은 듯

밤색 재킷
낙엽 무늬 머플러
목에 두르고

아득히도 멀리
누구를 불러 불러
하늘을 바라본다.

봄날 같은
그녀의 눈에는
그리운 추억들이 가득한데

기러기 나는

가을 하늘은

점점이 유리구슬
하늘 가득히
반짝반짝 뿌려놓고

무악재 넘어
멀리 멀리
멀어져 간다.

거울

몰라보게
자란 사람과

몰라보게
늙은 사람

그것은
모두가
세월 탓이겠지만

어찌해서
모두 제 모습
가리운 채

애를 써
억지그림 그리고

스스로
하루해가 다 지도록

제 모습을
몰라보는가.

환승

비둘기처럼
날아서 내 딸이
시집간단다.

무성영화를
보는 것처럼

나는
뒤로 가는 열차를 타고

스물여섯 개
정거장을
차곡차곡 둘러본다.

정거장마다
순두부 같은 날들이

비 오는 날도
눈 오는 날에도

아장아장
포동포동
나를 보고 울고 웃는다.

봄에도
여름에도

한 치 두 치
파랗게 자라서

엄마사랑
배 고픈 외동이
혼자 자란 내 딸이

그리도 고운 꿈
그 마음 섬섬히 그리다가

스물여섯 해
그 곳 정거장

이제는
제 이름 곱게 새겨갈

기차를 바꿔 타러
시집간단다.

우리가 살던
명일동 언덕길을

길동,
서둔동
그리고 홍은동 언덕길을

아빠와 함께
꼬―옥 손을 잡고
내려와서

풍선이
하늘 높이 나는

고가다리
한쪽 외기둥
텅—빈 길 옆에

비둘기 날아서 가듯
아빠 혼자 남겨두고

내 딸은
그렇게 나를 떠나갔구나……

아직도
강물로 흘러가는
무성영화 앨범 속에서는

그냥 그대로
활동사진처럼
나를 보고 웃고 있는 내 딸……

잘 가거라, 애야—
부디 잘 살아다오,
내 딸아.

흑과 백

언젠가
본 듯해서

다시
보다가

그것이
내 모습이라

깜짝 놀라
고개를 가로 젓도다

하늘에도
땅에도

숨길 곳 없는
까만 내 그림자가 싫어

나는 아니야
나는 아니야—

폭포 아래
물보라 키를 쓰고

물매 맞아
몸을 씻는

하얀
조약돌

눈이 시려
눈이 시려워……

하얀 조약돌 하나―

봄길

꽃내음 쫓아
오솔길을 따르면
뉘 부르는 소리 있어
돌아다보지만

그 곳에는
아무도 없고

아지랑이만
산자락에 꽃처럼 피어
소리 없이
하늘에 오른다.

오늘도 나는
이 곳을
혼자서 가는

어쩔 수 없는 나그네.

뒤로

돌아서 걷다가
그래도 나
혼자인 아쉬움에
그게 아니야
다시 돌아다보면

역시나
그 곳에는 아무도 없고

무심한 하늘가에
버선코를 꼭 닮은
하얀 솜구름 하나
혼자서 간다.

오늘도 나는
혼자 그 곳에
바람 따라서 가는

어쩔 수 없는
영원한 나그네.

딸 생각

며칠째
오던 비

잠시
멈추어 서서

틈새 바람 불러놓고
햇님 맞을 채비한다.

처마 밑에
낙숫물 소리

똑—똑
댓돌 위에 잦아들면

개구리가 참았던 노래
다시 시작할 참에

허기진 제비들
너울너울

빨랫줄 사이로
넘나들기 바쁘다.

늦 매미도
한사코 빠질세라

한도 끝도 없이
제 사정을 울어댈 때면

이런 때는 이런 때는
시집간 딸아이 생각에

하늘을 향해
길게 서서 솟대 같은
홀아비 기침소리

개구리 우는 대로
길게 길게
안으로 잦아든다.

명상 3

그냥
그대로 있으면

너도 나도
어제도 오늘도 없이

아쉬움
그리움도 없이

그냥
그대로 있으면

저 멀리
하늘 저 멀리
은하계 넘어
저 멀리서

뱃고동 소리가
우―우―움

그 소리가
귓가를 흘러 지나서
내 몸 속으로 들어온다.

그냥
그대로 있으면

이 사람 저 사람
지난해 올해도 없이

그냥
그대로만 있으면

저 멀리
하늘 저 멀리
빛의 소리가
우―우―움

그 소리가
눈가를 흘러 넘어서
나를, 나를 영원 속으로 보낸다.

뜰 앞에서

가을이
너무 깊어
조바심하듯

낙엽이 한 장 두 장
여보시오, 불러
편지처럼 떨어지는

이 뜰가에 앉아
모처럼 아내와
곰곰이 커피 한잔 끓인다.

휘파람 소리처럼
길고도 짧았던
마흔아홉 번의
가을이
낙엽 따라
바뀌는 동안

그렇게도

고웁던
당신 얼굴에

어느덧
비단실
살주름이

안쓰런
나이테를 남기고

그렇게
깊고 맑았던
당신 눈에도

이제는
대금소리
은은히 퍼져가듯

수많은
말들을 뒤에
남겨둔 채로

잔잔한
안개가 흐른다.

오—호라
세월이야
아무리 그렇더라도

이 가을
뜰가에 피워논
모닥불 옆에

있는 듯 없는 듯
앉았는

당신의
모습이
그 곳에 있는 한

훈훈한
마음과
바뀔 수 없는

그리움이
그 곳에 있어

한잔의
커피만으로도

이 가을은
커피향 가득한

또 하나의
추억으로 남는다.

모자母子
—TV 어떤 母子를 보고

자기 나이마저 잊은
아흔 고개 숨이 찬
한 할머니가

정신, 지체장애
팔다리 꼬여
말라붙은 아들 보고

저 아이 때문에
나 죽을 수 없으니
물 한 모금 달라 한다.

그 아들 이를 보고
뒤틀린 손가락 놀려
수화 말을 하는데

쉰 살 내 나이까지
효도 한 번 못했으니
어머니 오래 오래 살라 한다.

그 아들
그 어머니 모진 고생은
다 어찌 하고

그래도
어머니 더 살아서
효도할 날 있기를 바라는데

한낮
저 창공에 밝은 태양과
대보름날 저 달님이 있건만

우째 우째
이런 일이, 이런 일이
이렇게도 있나요

오늘은
해를 보고 사는 해바라기도
차마 해를 바라볼 수 없는 날이랍니다.

생이별곡
—TV 아무도 찾는 이 없는 어느 이산노인의 죽음

손가락
마디만큼 짧았던
신혼의 생이별

빨간 피 점점이
굳어만 간 50년 세월

살아서는
갈 수 없었던 그 땅에
한 여인을 두고

몽매에도
북쪽으로만 머리를 두던 집

아무도 찾는 이 없는
단칸 셋방에서

한 노인이
으악새 풀잎 같기만 했던
그의 두 눈을 감았다.

일사 후퇴
그녀와 헤어지던 날

살을 파고들던
눈보라 속에

지남철처럼 붙어
떨어질 수 없었던
그 아픈 기억을

엊저녁까지
모래톱 같은 혓바닥

애탄 가슴
성긴 불에 태우다가

북쪽에 머리 두고
마지막 한숨 길게 쉬었다.

우연히도
흰 눈 나리던 날

술집 아가씨
그의 손목 잡을라 치면

북소리 벼락소리는
그의 가슴 헤집고 찢어내

이 나라 이 산천을
눈물 되어 굽이굽이 흘러내렸다.

그 혼자만의
환갑날
빈 방 모퉁이
담벼락을 마주하고
빛바랜 그녀의
사진 한 장을 꺼내 보았지만

그의 눈동자는
이미 어디로 가고

뿌연 장막 가리워서
아무것도 보지 못했다.

하지만 이제는
이 강산 분단된 원망도
이 산천에 태어난 원망도
다 저버린 채

자기 육신
미아리 토담 속에
두 손가락 짝을 지어 묻어두고

두 눈 감고도 갈 수 있는
고향 찾아서

50년 못이 박힌
그녀 만나러

한바람 기세 좋게 불러타고
날아서 날아서 간다.

주정酒酊

술 한 잔
슬며시 따라놓고
혼자서
예 있으니 어찌 할꼬……

솔바람 따라
제 멋대로 가버린
야속한
저 세월이야

설운 마음도
이제는 뜨악하네.

님의 정 그리운
그 마음일랑
한 되 두 되
저 단지에 담아놓고

오는 세월일랑
더는야 못 가도록

딴지 걸어
꼭—꼭 눌러 가두어서

엉클어져
시큼떨큼한
저 속 이야기는
한 잔 두 잔
그렇게 풀어내어
덜그렁 덜크렁
열 손가락 물레에 걸어놓고

제 멋에 겨운
옹가네 질그릇처럼
저 모양새를
다시 한 번
이렇게 저렇게
생긴 대로

이 내 마음 다독여
빚어야 보세……

야속

사진 속에
세 살박이 손녀 딸

이 세상에서
제일 슬픈
얼굴로

먹던 사탕
입에 문 채
울고 있구나

처음 들어본
엄마의 야단
얼마나 야속해서

공원에 사는
비둘기 날아와

제 손에 든
사탕이 먹고 싶어

빨간 눈
크게 뜨고 요리조리

구구대는 것도
모른 채 울고 있구나……

청산靑山이 있어

비어서 안타깝고
넘쳐서 욕심이라

뉘라서
평안을 말하는가

저 곳에
청산 있으니

그 아래
황토집 짓고

바람 따라
물 따라 가노라면

비어서 한가롭고
넘치면 비어내어

나 절로 평안하니
그 아니 고마운가—.

자락 끝

자락
끝에는 모두가 한 곳에 모인다.

위 아래
앞과 뒤
왼쪽 바른쪽 가릴 것 없이

한 곳에 모여
힘겨운 살풀이를 끝내고

새 아침의
이름표를 단다.

죽음과 탄생이
그렇게 한 곳에 모여

맥박소리
숨소리가 이어지는 곳

항상 자락 끝에는

끝과 시작이
한 곳에 모였다가

어느 새
손가락 끝에 봉선화 꽃을
다시 빨갛게 피운다.

손녀 아이

너는
점…점 자라는
어른이고

할바이는
점…점 작아지는
어린이란다.

손가락 사이로
흘러내리는 모래알처럼
잡을 수 없는

오늘 아침
내일 아침이
아쉬운 마음

영롱한
일곱 색 무지개
비눗방울 날아서

오늘도
너의 재롱 나비춤
하루가 하늘에 핀다.

허울

내 눈 앞
접시 위에 고기 한 점

보란 듯 먹어주소
그렇게 누워 있다.

모든 것
다 먹어 보았지만

두 눈 뜨고
나를 먹어주소

바라보고 있는
그 모양을

나, 먹어 본 적 없으니
어찌 할꼬……

사람이
무엇이간대

남을 먹고
제 살 찌려 하니

착한들 무엇하며
그 많은 책
군자인들 무엇하리

위선의 옷
벗어 놓고

제 갈길을
가야 할 터인데

그도 모자라서
이제는 자기마저

어떻게 속일 수 있을까
그것을 연구하니

나인들 그 고기 한 점
어찌 아니 될 터인가……

잊혀지지 않는 순수

번갯불
눈빛이 한 순간에
박힌 비몽사몽이었다.

온전한 삶을 향한
신의 자명종이

그 곳에 있음을
알리는 순간이었다.

갑작스런
그녀의 모습은

반쯤 할퀴어
없어진 반쪽 얼굴

오그라들어
비틀린 손가락에
과자 한쪽

그 과자
입에 넣지 못해

물끄러미 보고 있다가
나를 보았다.

때 아닌
바람 불어 흩어지는

꽃잎만큼의
그 서러움, 원망, 미움도

이슬이 맺힌
그만큼의 슬픔마저도

그 곳에는
없기만 한 그 눈빛이었다.

세상을 처음 보아
미리는 아무것도

알지 못하는
여린 눈—

천진한
어린아이의
그 눈빛이었을까……

어떻게, 어떻게
내가 그 곳에 떨어져

후두둑
갈리우는 아픔에

예전에
찍어둔 사진처럼

반드시
그 한쪽 얼굴을

반드시
오그라든 그 손가락들을

내 생이
그것으로 다하더라도

똑같이
꼭―꼭 만들어 주겠노라고

그것만을
오직 할 것이라고
그 앞에 엉―엉 울다가

그 모든 것이
섬광처럼 지나간

영점의
한 순간이었다.

어렴풋이
다시 보이는 세상은

아무렇지도 않게
시계바늘 여전히 가고

하늘 구름도
여전히 그대로 가고 있었다.

그것은
비몽사몽간에

신의 자명종이
그 곳에 있음을 섬광처럼

살같이 박혀
알리우는

영점의
한 순간이었다.

늦기 전에

새벽 해를
보려고

꼬부랑 할아버지가
엊저녁부터
어둑한 산에 오른다.

마음만은 두 걸음
앞에 있지만
제자리 발걸음

큰 한숨 한 번 쉬고
억지 하늘 한 번 보다가
그렇게 산에 오른다.

아침에 뜨는 해
저녁에 지는 해

진작에는
항상 그 곳에 있어
새로울 것 하나 없었지만

그 허리 기역자
휘어서 등에 붙고 나서는

아침에 뜨는 해
저녁에 지는 해

두 눈으로
꼭 보고 싶어
엊저녁부터 산에 오른다.

소시적 남보다 더 많게
고봉으로 먹은 배가
다 꺼지기 전에

아침 해를 마중하고
저녁 해를 전송하는 마음

먼저 지나간
사람들이 보다가 간

저 해가
정말 어떻게 생겼는지

엊저녁부터
숨이 갈그렁거리는 가슴이
조바심나서

앞으로는 가지 않고
뒤로 가려는 발걸음 챙기고
그 할아버지 엊저녁부터 산에 오른다.

저 사람들

여미지 못해
이마 폭에서
툭―튀어나오는

생충맞은
저 송곳 같은 한 소리가

잔잔한 한 가슴
시퍼렇게 막아내어

뭇사람들
긴 숨을 못 쉬게 막는다.

쿨렁쿨렁
물병이 넘쳐나듯

질퍽질―퍽
뚝을 넘는 강물처럼

오니로 가득 찬
질곡을 만들어

저마저 그 곳에
갇혀 헤어나지 못하도록

삶의 터
그 마음 광장을 부순다.

이제는
오뉴월 장마비
시원스레 그치듯이

모두 그 안에
함께 사는 여니 사람

그토록 모질게 헤집어
아프게 하는 것들
이제는 다 그만두고

꿈에라도
화엄華嚴에서 봄빛 찾아

다 같은 숨소리
저 숨소리들을

향기처럼 만들어
함께 내어 맡으며

순환하는 자연을
제 숨처럼 나눠
숨쉴 날은 그 언제인가.

추석 달

달빛이
너무 밝은 날이면

나는 수영도 못하면서
물 속에 들어

내 앞에 두 팔
내 뒤에 두 다리

물 위에 떠서
아무래도 나는
개헤엄을 친다.

추석을 함께
세 번 지났던
한 사람이

내가 나를
아는 것보다
나를 더 잘 안단다.

빛이 바랜
돌쟁이 사진을

처음 볼 때처럼
그런가, 그런가
나는 정말 누구더라

아무래도
그것이 알고 싶어

수영도 못하면서
물 속에 들어

내 앞에 두 팔
내 뒤에 두 다리

내가 정말 누구더라
잘 하지도 못하면서

나는 그렇게
물 속에 들어
개헤엄을 친다.

정직한 희생

구름이
저 봉오리에 들거던
그때를 시작으로
공격하시오.

명령이다.
반드시 그름이
다 걷히기 전에
점령하시오.

시간은
하루의 사분의 일 시간

이 아침
면도를 처음 해 본
젊은이가
한 번은
부모 생각
또 한 번은
다시 만나기를
약속했던
앳된 긴 머리 소녀를 생각다가

역사 속 이순신 장군
머리 속에 한 번 그려보고
돌격 앞으로 간다.

구름이 걷힌
저 봉오리에는
새벽 해
다시 뜨고
조용히
역사에 남을
견장 위에는
어머니 눈물 같은
아침 이슬 반짝인다.

정직하게 새로 나온
무수한 풀잎같이
저 봉오리에
지고 나는 정직한 희생이

역사 속으로
소리 없이 이어진다.

나비야 날아라

세상에
나지 않았음이

성현보다 옳고

기왕에
태어났으면

옛사람들
살아서 개가 되어도

죽은 정승보다
낫다고 하지 않았던가

아해가
처음으로 본

기차,
교외선,
두 줄기 철길……

나비야 날아라
나비야 날아라

차창 밖
풍경을 보다가

느닷없는 손녀 딸
네 살 아이가 말한다.

하나, 둘, 셋, 넷

내 마음으로는요
엄마 마음이 아름답고요

엄마 마음으로는요
내 마음이 아름답고요

아빠도
동생 마음도 아름답단다.

하나, 둘
나비처럼 날지를 못하는

할바이
할마이는

옹달샘이 흐려질까
그 마음
아무래도 자신이 없어

공연한
하늘 한 번 보다가

네 살 아이
눈 속에 나른다.

한 점
티끌로만 날개를 달고

네 살 아이
눈 속에 날아든다.

세대世代

산 속
가을 깊은 곳에서

언제가
시작인지

언제 쯤이
끝인지 알수 없는

실 개울이
졸-졸 흘러간다

어릴 적
할머니 손
잡고 왔을 때에도

꼭 하나 그 모습
하늘에 비춘

몇 만 년
저 실개울은

그렇게 흘렀으면
지치기도 하련마는

바람 소리
천둥 소리

새 소리
풀피리 소리까지

다 듣고서도
못 들은 척

맴을 돌아
천진스런 아이처럼

나 몰라라
하냥 없이 흘러만 간다.

63년

댓돌 밑에
녹이 슬어 새파란
놋대접 하나

모처럼 찾아온
햇빛 고마워
반짝 반짝
얼굴을 보인다

귀뚜라미는
그의 친구
판토마임 연출가

더듬이로
쓰다듬고 어루만져
곰곰한 저 이야기들

오늘이
어제같이 어디론가
또 가는데도

떠나지 않는
귀뚜라미
고마워, 고마워

숱한 날
파랗게 삭힌
서러운 마음
사각 사각 뜯어 내어

잠시 햇빛에
녹아 내린 얼굴

반짝 반짝
남은 빛

모두 내어
속살을 보인다

부채살 같은
그 속 마음을
차곡 차곡 다 내어 놓는다.

세상을 치유하는 언어

이양훈
(모아드림 편집장)

웬 노신사 한 분이 쇼핑백을 들고서 사무실로 성큼 들어섰다.
아니, '노老'를 붙이기엔 너무 젊었다. 옷차림새라든지 기름을 발
라 곱게 빗어 넘긴 머리칼에서 왕년에 '한가닥' 했을 것 같은 분위
기를 확 풍겼다. 그 낯선 방문이 무엇을 의미하는지 짐작하는 바
가 있어서 약간 떨떠름한 표정으로 자리를 권하고 마주앉았다.
"반갑습니다. 나는 이구명이라고 합니다. 여기 오다 보니까 조
그마한 대학교가 하나 있더군요. 나 대학 다닐 때 생각이 나서 무
척 정겨웠어요."
사무실 앞에 있는 추계예술대학교를 두고 하는 말이었다. 이구
명 선생께선 서라벌예술대학을 다녔다고 한다. 서라벌예술대학
이라! 그렇다면 이건 더 볼 것도 없다. 십중팔구 책을 내달라는 말
이 나올 것이 뻔했다. 아니나다를까 선생께선 쇼핑백에 숨겨져 있
던 것을 슬그머니 꺼내 테이블 위에 올려놓았다. 16절지 종이에
깨알같은 글씨를 새겨 넣은 시들의 육필 원고였다.

출판사 규모가 크지 않은데도 일 주일에 한두 건 꼴로 원고가 날아온다. 선배 편집인들은 대충 훑어보고 출간할 수 없다고 딱 잘라 거절하라고 하지만, 나는 그럴 수 없었다. 저자 나름대로 장정을 해서 보낸 묵직한 원고의 무게와 부피가 주는 중압감 때문이기도 하고, 그 글을 쓰는 동안 그들이 흘렸을 고뇌의 땀방울 때문이기도 하다. 그래서 어차피 그 원고의 대부분이 책으로 엮어질 수 없다는 사실을 알면서도 나는 출근길과 퇴근길, 그리고 잠들기 전에 그 원고들을 쥐고 있어야 했다. 그렇게 원고를 읽다보면 어느 사이 내 머리 속에는 출간을 거절할 명분이 만들어지기도 했다.

"일단 원고를 놓고 가시면 검토한 뒤에 연락 드리겠습니다."

이것으로 한 차례 고비를 넘기는가 했는데, 선생께선 대뜸 나의 퇴근 시각이 언제냐고 물어오는 것이었다. 7시쯤이라고 대답했더니 선생께선 그럼 한 2시간 정도 기다리겠다고 했다.

"이 선생하고 생맥주 한 잔 해야겠어요."

아! 어떻게 어른을 2시간 동안이나 기다리게 한단 말인가. 그리고 7시 무렵에는 이미 다른 약속이 잡혀 있었다. 하는 수 없이 선생을 모시고 근처의 생맥주 집으로 향했다. 7시에는 반드시 일어서야 한다는 단서를 달고. 그리고 어떠한 '청탁'에도 흔들리지 않겠다고 다짐하면서.

사람을 알아간다는 것은 즐거운 일이다. 또한 고통스러운 일이다. 누군가와 인연을 맺을 때마다 삶의 지평이 넓어지는 것을 경험하지만, 그렇지 않아도 무거운 내 몸뚱아리에 추를 하나 더 매다는 것 같은 버거움에 시달리기도 한다. 선생과의 만남도 그러했다.

내 예상과는 달리, 생맥주 집에 마주 앉은 이후로 선생께선 시집에 대해서는 일절 이야기를 하지 않았다. 대신 선생께선 기氣에

관해 들려주었고(선생은 중국정부에서 수여한 기공사 자격증을 갖고 계시다),
물질적으로는 풍요해졌지만 정신적으로는 점점 더 빈곤해져 가는
세상과 세태에 대해 신랄한 비판을 서슴지 않았다.

"내 딸아이가 백일이 되면서부터 팔이 조금씩 오그라들었어요.
양의학의 권위자들에게 맡겼지만, 나아지는 기색이 없었어요. 그
래서 내가 직접 고치겠다고 그때부터 기 공부를 시작했죠. 어쨌든
생활하는 데 불편함은 없도록 해놨으니 내 할 몫은 한 거지."

의학박사들도 고치지 못한 딸의 신체적 장애를 직접 치유해낸
아버지. 그 지고한 부정父情의 승리. 이걸 믿어야 하나 말아야 하나.

"생맥주 마신 지가 2년이 넘은 것 같아. 요게 참 먹고 싶었는데
말야. ……나이가 많아지면 주저리주저리 말이 많아지는 법이니
까, 이 선생이 이해 좀 하쇼."

어느 새 선생의 말투와 표정에는 진한 외로움이 배어들고 있었
다.

그날, 나는 선생과 '말상대'가 될 만한 동생을 술자리에 불러
앉히고 약속 때문에 7시에 일어섰다.

다음 날 저녁, 사무실에 남아 이구명 선생의 시를 읽었다. 영
시가 아니지는 않다 싶어 시인 한 분께 원고를 전했다. 곧 연락이
왔다. 멋을 부리지 않아서 좋다고 했다. 그리고 시에 진정성이 있
다고 했다. 이런 시들은 '잘 썼다, 못 썼다'라는 말로 평가할 수
없는 것이라는 말도 덧붙였다. 진정성이라…… 하지만 하루에도
백 종이 넘게 출간되는 책의 홍수 속에서 이름도 없는 시인의 시
집을 누가 거들떠보기나 하겠는가.

다시 이구명 선생의 시를 차근차근 읽기 시작했다. 원고를 검
토했던 시인이 뱉어놓은 '진정성'이라는 단어가 뇌리에 남았던
탓일까. 투박하고 거친 시어들 속에서 흘러나온 녹물이—강철로

만들어진 심장이 삭고 삭아서 너덜너덜해진 것만 같은, 하지만 그 부패와 삭음으로 인해 세상을 품게 된 가슴의 뜨뜻한 녹물이 나를 적시고 있었다. 그리고 선생의, 외롭게 키운 딸을 향한 애절한 사랑을 접할 때면 상체를 펴고 심호흡을 해야 했다.

혹자는 언어유희라고 말하는, 말장난이 난무하는 시, 기법이 내용을 압도해버린 시들이 득세하면서 '서정'은 낡은 것이 되고만 현대의 시풍 속에서 이런 따뜻한 시집 한 권이 세상에 나와도 좋을 것 같다는 생각을, 이구명 선생의 시들을 읽으며 나는 하고야 말았다.

시집으로 엮어도 되겠다는 말을 전했을 때 선생은 아이처럼 좋아했다. 그리고 다시 생맥주 집에 마주 앉았다. 그날 나는 허리를 다쳐 절뚝이며 걷고 있었다. 선생께선 품에서 압봉이라는 것을 꺼내 내 손바닥과 손가락을 정성스럽게 눌러주셨다. 햐, 거짓말처럼 통증이 가시는 게 아닌가.

이제 여기 서툴고 투박한 시들로 엮은 시집 한 권을 세상에 내놓는다. 선생께선 외롭게 키운 하나뿐인 딸을 위해, 그리고 손녀와 손자를 위해 시집을 만들고 싶다고 했다. 하지만 그의 소박한 시어들은, 선생 자신이 불구가 될 뻔했던 딸을 치료한 것처럼, 또 나의 허리 통증을 가시게 한 것처럼 탐욕과 부정으로 물든 이 세상의 상처를 치유해낼지도 모른다.

이 시집 『봄하늘 가을하늘처럼』을 편집하는 동안 나는 참으로 큰 수확을 얻었다. 좋은 시인을 만났고, 좋은 사람을 만났고, 좋은 술친구를 얻었다. 30대 중반인 내가 60을 넘긴 멋진 노신사를 술친구로 둘 수 있다는 사실은 얼마나 큰 행복인가.

많은 사람들이 이구명 시인의 시를 함께 하기를 바란다. 그리하여 시인의 외로움도 덜어지기를.